GUÍA DE LECTURA

Escrita por Magali Vienne
Traducida por Tamara Montes Blanco

La joven de la perla

de Tracy Chevalier

Entiende fácilmente la literatura con

ResumenExpress.com

www.resumenexpress.com

TRACY CHEVALIER

NOVELISTA ESTADOUNIDENSE

- **Nacida en 1962 en Washington (Estados Unidos)**
- **Algunas de sus obras:**
    - *El azul de la Virgen* (1997), novela
    - *La joven de la perla* (1999), novela
    - *La dama y el unicornio* (2003), novela

Tracy Chevalier es una autora estadounidense nacida en 1962 en Washington. Cuando finalizó sus estudios de lengua inglesa en Ohio, cambió Estados Unidos por Inglaterra, donde vive desde 1984. En sus inicios, trabajó en el mundo de la edición antes de comenzar un programa de creación literaria en la University of East Anglia, durante el cual publicó su primer libro de ficción, titulado *El azul de la Virgen* (1997).

La joven de la perla (1999) es la obra que la conduce al auténtico éxito. Desde entonces, suele publicar novelas históricas, de las que las más conocidas son *La dama y el unicornio* (2003) y *El maestro de la inocencia* (2007).

LA JOVEN DE LA PERLA

TODO NACE DE UN CUADRO...

- **Género:** novela
- **Edición de referencia:** Chevalier, Tracy. 2003. *La joven de la perla*. Traducido por Pilar Vázquez, Madrid: Alfaguara
- **Primera edición:** 1999
- **Temáticas:** pintura, religión, celos, amistad, amor

La joven de la perla, publicada en 1999, es la segunda novela de Tracy Chevalier. Inspirada en un cuadro del pintor holandés Johannes Vermeer (1632-1675), cuenta la historia imaginaria de la joven desconocida que posó para este lienzo. De hecho, aún hoy, los historiadores de arte no tienen ninguna información concerniente a la modelo del célebre pintor.

Es una novela histórica escrita en primera persona que sigue el destino de Griet, una joven sirvienta de dieciséis años, desde que empieza a trabajar para los Vermeer hasta la muerte del pintor.

RESUMEN

En 1664, en Delft, Griet, una chica de dieciséis años, se entera de que la van a poner a servir en casa del pintor Johannes Vermeer (pintor neerlandés, 1632-1675) porque su familia está arruinada (un accidente le ha costado la vista a su padre, que era fabricante de loza). Sus nuevos señores vienen a conocerla cuando está ayudando a su madre en la cocina, y al día siguiente deja a los suyos. Su padre le ofrece un azulejo de loza en el que están representados dos niños: Griet y su hermano pequeño, Frans.

Al llegar, Griet conoce a los hijos de los Vermeer, que están jugando delante de la puerta, así como a Tanneke, la otra sirvienta. Esta le presenta a Maria Thins, la madre de la mujer del pintor, Catharina Vermeer, pero sobre todo la señora de la casa. Le enseñan cuál será su tarea cotidiana: limpiar el estudio del pintor, teniendo siempre cuidado de volver a colocar los objetos en el lugar exacto en el que se encontraban. A mediodía, se dirige al mercado con Tanneke, que le presenta al carnicero y al charcutero de confianza de la familia. Así, Griet conoce a Pieter, el hijo del carnicero, que se acabará convirtiendo en su marido. Después de todas estas presentaciones, Griet se dirige al canal, acompañada de los niños, y Cornelia, la segunda hija de los Vermeer, la trata mal. Griet le da una bofetada para que comprenda que no se lo piensa permitir y entonces se da cuenta de que la niña puede traerle problemas.

El domingo, Griet vuelve a casa de sus padres para cenar y entregarles el dinero que gana durante la semana. También ve a su hermana pequeña, Agnes. Por desgracia, unos días más tarde, se entera a través de Pieter de que la peste ha invadido el barrio en el que vive su familia y de que las autoridades quieren ponerlo en cuarentena. Entonces, Catharina le prohíbe volver a su casa hasta que la epidemia esté oficialmente erradicada. Tras varios días de angustia, Pieter le anuncia que Agnes está enferma. Esta última muere al final del verano.

Un día, Vermeer, que trabaja con la ayuda de una cámara oscura, invita a Griet a mirar a través y le explica su funcionamiento. Es el comienzo de la complicidad entre el pintor y la chica. Cuando termina la obra en la que ha estado trabajando desde que llegó Griet, llama a su comanditario, el señor Van Ruijven, el gran mecenas del pintor. Cuando va a ver el cuadro terminado, se fija en Griet y queda fascinado con ella. Un particularmente frío día de enero, puesto que la joven va a ir a la botica a buscar medicinas para los niños, Vermeer le pide que le traiga ingredientes para sus colores, tarea que, hasta ese momento, nunca había confiado a nadie. Cornelia, testigo de este intercambio, rompe el azulejo de loza de Griet por celos.

Unas semanas más tarde, Catharina da a luz a su sexto hijo. Se organiza una gran comida para festejar el acontecimiento. Pieter va a la casa a llevar la carne. Cuando Griet sale para recibirlo, Vermeer la sigue y detecta la sonrisa del joven carnicero. La joven percibe de inmediato tensión entre los dos hombres. En abril, Pieter se dirige a la iglesia de Griet para conocer a sus padres. Desde ese momento, lo invitan a comer a su casa los domingos con asiduidad. Unos meses más tarde, le anuncia que le pedirá la mano el día de su 18.º cumpleaños.

El pintor cada vez solicita más a menudo a su sirvienta para que lo ayude e incluso llega a enseñarle cómo triturar los ingredientes para hacer los colores. No se atreve a hablarle a su mujer de la ayuda que le proporciona la chica, pero hace lo necesario para que duerma en la buhardilla en lugar de en el sótano, lo que permite que Griet trabaje para él por la mañana temprano o por la noche antes de irse a dormir.

Un día, Maria Thins descubre lo que Griet hace por el pintor. Entonces, le pide que le ayude a pintar más rápido, pero le prohíbe decirles ni una palabra a Catharina ni a Tanneke. Cornelia, celosa del interés que su padre tiene en Griet, decide hacerle la vida imposible y le tiende una trampa para que Tanneke se entere de que colabora con el artista. Cornelia roba un peine de carey de su madre y lo coloca entre los objetos de Griet, sustrayendo el propio peine de la sirvienta. Esta descubre el engaño y se lo cuenta a Vermeer. El pintor se pone de parte de Griet y castiga a Cornelia con severidad. El apoyo que Vermeer le proporciona a Griet contra su propia hija hace que el comportamiento de las otras mujeres de la casa hacia ella cambie: Tanneke se vuelve más apacible, la desconfianza de Catharina aumenta y el respeto de Maria Thin se acrecienta.

Vermeer comienza un nuevo cuadro que representa a la mujer de Van Ruijven. Griet, que piensa que la composición está demasiado ordenada, se permite modificar la caída de la capa. El artista, sorprendido, le pregunta por qué ha efectuado ese cambio y se sorprende de aprender algo de una sirvienta. Su respeto hacia ella no para de crecer.

Más tarde, Van Ruijven anuncia que quiere figurar con Griet en un cuadro. Esta, preocupada, se niega y se sincera con Maria Thins. Vermeer, para proteger a su sirvienta, pero satisfacer también a su mejor cliente, le promete que realizará un retrato de Griet, ella sola. Entonces, la joven posa para su señor. Para añadirle un toque de luz a la composición, Vermeer quiere que se ponga las perlas de Catharina. A la sirvienta no le gusta esta idea, pero no tiene elección. Cuando se está peinando en la buhardilla, Vermeer sube y la ve con el cabello suelto. Surge un inmenso ardor entre ellos. Conmocionada porque el pintor la ha visto así, Griet pierde todo el pudor con Pieter hijo y acepta hacer el amor con él.

Más tarde, Cornelia descubre que Griet se ha puesto las perlas de su madre y decide hacérselo saber a esta última. Como prueba, le muestra el cuadro. Entonces Catharina discute violentamente con su marido e intenta rasgar la obra. Asimismo, acusa a Griet de ladrona. Ni Maria Thins ni Vermeer salen en su defensa. Catharina sufre un aborto en el estudio. Conmocionada por los acontecimientos, Griet se marcha.

Unos años más tarde, Griet se casa con Pieter y tienen dos hijos. Cuando regenta el puesto de la carnicería en el mercado, Tanneke llega para anunciarle que Catharina desea verla. Esta anuncia a Griet que Vermeer, fallecido, le ha legado las perlas. Griet las acepta y las vende, diciéndose que el dinero conseguido le servirá para pagar la deuda que los Vermeer aún le debían al carnicero. No piensa decirle a su marido de dónde proviene el dinero.

ESTUDIO DE LOS PERSONAJES

GRIET

Griet es la narradora de la novela. Es una niña nacida entre la clase obrera de Delf, cuyos padres se han visto abocados a la miseria debido a un accidente que ha dejado a su padre ciego. Puesto que es la mayor, la ponen a servir para satisfacer las necesidades de los suyos.

Griet tiene mucho sentido común y es muy concienzuda. Esto es lo que hace que la contraten para trabajar para los Vermeer: consigue volver a colocar los objetos del estudio en su lugar exacto después de limpiar, de modo que no se nota que han sido movidos. También posee cierto sentido artístico: aunque no conoce la teoría de la pintura, tiene el instinto de un pintor (clasifica inconscientemente las verduras por colores, desplaza la capa para modificar la composición de un cuadro, etc.). Además, es diplomática, sabe encontrar las palabras para evitarse problemas, y tiene un gran sentido moral.

Se entrega por completo a Vermeer, incluso siendo consciente de que algunos de los actos que él le pide la llevarán a la perdición.

VERMEER

Vermeer es un auténtico artista. Muy calmado y muy silencioso, vive al margen del día a día de la casa: apenas toma parte en las conversaciones que conciernen a la gestión de las tareas del hogar, deja que sea Maria Thins la que se preocupe de negociar sus contratos y no se interesa por la educación de sus hijos. Para él, lo único que cuenta es la pintura: no presta atención a las consecuencias que esto podría tener en la vida de los otros miembros de la casa, especialmente en la de Griet.

Era protestante de nacimiento y se convirtió al catolicismo cuando se casó con Catharina. Está muy enamorado de su esposa, no obstante, se siente atraído por su joven sirvienta: está celoso de Pieter hijo y no permite que Van Ruijven disfrute de Griet como desearía.

CATHARINA

Catharina es la mujer de Vermeer. Ya es madre de cinco hijos y está embarazada del sexto cuando Griet entra a servir en la casa. Aunque, a primera vista, parece muy segura de sí misma, rápidamente nos damos cuenta de que no se encuentra a gusto en su papel de ama de casa. Desde el principio, ve a Griet como una rival: enseguida siente celos del interés que su marido le profesa y sobre todo de la confianza que tiene en ella. Al contario que la chica, Catharina no tiene derecho a entrar en el estudio de Vermeer en su ausencia, puesto que es muy torpe.

CORNELIA

Cornelia es la segunda hija de Vermeer. Tiene un carácter muy inconstante, como su madre. Desde el primer día, decide que Griet será su enemiga: durante todo el tiempo que esté al servicio de Vermeer, la niñita le hará pagar la bofetada que le dio la sirvienta. Es el origen de todos los problemas que Griet tiene en la casa.

MARIA THINS

Es la madre de Catharina. Es una anciana de carácter muy vigoroso, realmente es ella la que mantiene la casa en orden: atenúa el genio de su hija, controla el presupuesto, negocia las ventas de los cuadros, etc. Enseguida se da cuenta de que Griet no es una sirvienta como las demás: la cubre en varias ocasiones para que pueda trabajar con Vermeer y también es quien le da las perlas para el retrato. Sin embargo, no duda en sacrificar a la joven sirvienta cuando Catharina la descubre.

TANNEKE

Tanneke es la sirvienta de Maria Thins desde hace catorce años. Es extremadamente leal a su señora, pero también tiene una altivez terrible y le cuesta soportar el interés que Vermeer profesa a Griet.

VAN RUIJVEN

Van Ruijven es el mecenas de Vermeer. Es un hombre muy rico y sin mucho sentido de la moralidad. Le encantan las mujeres, ya dejó embarazada a una sirvienta y no tarda en echarle el ojo a Griet, a la que acosa en cuanto tiene ocasión. Quiere posar junto a ella, pero, ante la negación categórica del pintor, termina por aceptar no tener más que un retrato de ella sola.

VAN LEEUWENHOEK

Van Leeuwenhoek es un buen amigo de Vermeer. No le caía bien Catharina ni él a ella. Es un hombre leal, se encariña con Griet y no duda en advertirla sobre la locura artística de Vermeer. Será el albacea del pintor.

PIETER HIJO

Pieter es un joven carnicero que se enamora de Griet nada más conocerla. Es un hombre dulce y calmado que primero se hace su amigo, antes de hacerle comprender que a él le gustaría ofrecerle algo más. Se mantiene paciente ante la reticencia de Griet y espera a su decimoctavo cumpleaños para pedir su mano. Es respetuoso con el carácter reservado de su prometida y le da una gran libertad.

CLAVES DE LECTURA

UNA NOVELA HISTÓRICA

Esta novela se inspira en un cuadro real que Johannes Vermeer realizó hacia 1665 y tituló *La joven de la perla* o también *Muchacha con turbante*. Así pues, Tracy Chevalier estudió atentamente la biografía del pintor y la de su entorno a fin de mezclar elementos biográficos reales con la trama ficcional de la historia:

- Efectivamente, los cuadros descritos forman parte de la obra de Vermeer: para el que posó Tanneke es *La lechera*, Van Ruijven posó de verdad en *El concierto*, etc.;
- Vermeer se convirtió al catolicismo;
- Van Ruijven era realmente su mecenas, y Van Leeuwenhoek era un erudito que fue nombrado fideicomisario de las deudas de Vermeer cuando este murió.

La imagen que la autora crea de la ciudad de Delft también es fiel a la realidad histórica de la época: la importancia del comercio de la loza (típica de la ciudad), la puesta en cuarentena de algunos barrios de la ciudad a causa de la peste, etc.

En la medida en la que la autora hace referencia a un contexto real y a personajes que existieron realmente, podemos vincular la obra a una novela histórica. Este género tiene la característica principal de mezclar acontecimientos reales y ficticios. Aquí, el personaje de Griet y su relación con el pintor salen directamente de la imaginación de Tracy Chevalier.

EL TEMA DE LA RELIGIÓN

Desde el Cisma de Occidente (siglos XIV-XV), la población de los Países Bajos es en su mayoría protestante. Sin embargo, también existe una minoría católica que vive en este país. También encontramos esta dualidad religiosa entre Griet, que es protestante, y la familia Vermeer, que es católica. La sirvienta no conocía a ningún católico antes de entrar en casa de los Vermeer, puesto que ambas comunidades no solían mezclarse («[Los católicos] [e]ran tolerados en Delft, pero no se esperaba que exhibieran abiertamente su fe», Chevalier 2003, 24-25).

La incomodidad que Griet siente en lo que respecta a la religión católica se pone muy de relieve en la novela, sobre todo en la primera parte:

- la autora insiste en lo desagradable que es para Griet ver los cuadros en los que se representa una crucifixión;
- la joven se niega a quedarse en la casa el día que su barrio es puesto en cuarentena, «pues hicieran lo que hicieran los católicos los domingos, no [le] apetecía acompañarlos» (Chevalier 2003, 92);
- Griet pregunta a Vermeer por el carácter católico de su pintura.

No obstante, Tracy Chevalier insiste en el respeto por las creencias de los demás: Griet acepta dar gracias a Dios, junto a toda la familia, por el nacimiento de Franciscus.

UNA RELACIÓN AMBIGUA

El conjunto de la novela se centra en la relación equívoca, teñida de respeto y de deseo inconfesado, que existe entre Vermeer y Griet.

Los sentimientos particulares de esta última por el pintor se destacan principalmente por el hecho de que ella nunca lo nombra, al contrario que a otros miembros de la familia a los que designa por su nombre de pila. Cuando alude a Vermeer, utiliza los términos «él» y «mi señor». Jamás cita ni su nombre ni su apellido.

Del mismo modo, los sentimientos que les mueven nunca se nombran realmente: solo sabemos que Griet se pone nerviosa ante el contacto de las manos de Vermeer con las suyas cuando le enseña a triturar los ingredientes o ante su mirada cuando posa para él. También sabemos que a Vermeer no le cae bien Pieter por una mirada que le lanza, pero la palabra «celos» nunca se emplea.

Su relación permanece en el ámbito de lo que nunca se dice y de la fantasía. Por ejemplo, Griet piensa en la escena del estudio con Vermeer cuando siente placer en brazos de Pieter.

LA SIMBOLOGÍA DEL CABELLO

El cabello tiene una simbología importante en las artes. A menudo se lo relaciona con el pudor y la seducción.

Griet siempre lleva una cofia, tanto en su casa como fuera de ella. Esto se explica por el hecho de que la joven tiene unos cabellos gruesos e indisciplinados que, según ella, le dan el aspecto de «[u]na Griet semejante a las mujeres que no se cubrían la cabeza» (Chevalier 2003, 167). Cuando ya ha entablado una relación más personal con Pieter, se niega a que le vea el pelo, por miedo a que se cree una mala opinión sobre ella.

El día que Vermeer la sorprende con la cabeza descubierta en la buhardilla, cuando ella se está arreglando el peinado, hay algo que se rompe en Griet: «Ahora que había visto mi cabello, [...] ya no tenía la impresión de que me quedara ningún precioso tesoro que guardar solo para mí»[1]. Entonces pierde su pudor con Pieter: hacen el amor en el callejón.

LA IMPORTANCIA DE LAS REPETICIONES

La trama general de la novela es relativamente simple y sigue el orden cronológico de los acontecimientos. Se divide en cuatro partes: 1664, 1665, 1666 y 1676. Las tres primeras partes representan los años que Griet pasa al servicio de los Vermeer, y la cuarta es en la que se entera de la muerte del pintor y tiene que volver una última vez a casa de sus antiguos patrones.

Podemos observar que las partes inicial y final tienen un gran número de similitudes entre sí. De hecho, cuando Griet vuelve a casa de los Vermeer, tiene un poco la impresión de estar reviviendo el primer día que entró a servir:

• hay cuatro niños alineados por orden de altura delante

---

1. Cita traducida por ResumenExpress.com

de la casa, el mayor está jugando con pompas de jabón;
- los niños se empujan entre sí para ir a anunciar la llegada de Griet;
- Maria Thins no ha cambiado. Repite una frase que solía decir cuando Griet trabajaba para ellos: «La criada que más problemas nos ha dado en toda la vida» (Chevalier 2003, 302);
- se recuerda el consejo que solía darle Van Leeuwenhoek: «No dejes nunca de ser tú misma» (Chevalier 2003, 308).
- Griet le da una bofetada a Cornelia igual que cuando se conocieron.

Otro elemento emblemático de la novela es la estrella de la plaza del mercado, que marca cada etapa importante de la vida de Griet:

- el día que entró a servir a la casa, toma el camino indicado por la octava punta, por el que no había ido nunca;
- cuando huye de casa de los Vermeer, da vueltas en el centro de la estrella porque no sabe qué dirección escoger;
- tras recibir las perlas de Catharina, da varias vueltas a la estrella antes de decidir ir a venderlas.

Finalmente, la repetición de una frase marca el paso de la inocencia de la infancia a la edad adulta, la época de las desilusiones: «Sólo los ladrones y los niños corren» (Chevalier 2003, 103 y 286).

- La primera vez, Griet lo piensa cuando huye del mercado corriendo al enterarse de que la peste ha afectado a su barrio: es la niña que quiere reunirse con sus padres.
- La segunda vez, abandona la casa de los Vermeer

después de que la acusaran de haber cogido las perlas de Catharina. El genio artístico de Vermeer triunfó en detrimento de la inocencia de la niña.

PISTAS PARA LA REFLEXIÓN

ALGUNAS PREGUNTAS PARA PROFUNDIZAR EN SU REFLEXIÓN...

- ¿Cómo evidencia la escritura de Tracy Chevalier el origen popular de la narradora? Ilústrelo con ejemplos.
- La ceguera del padre de Griet podría ser un simple detalle en esta historia, sin embargo, se trata de un elemento clave en el desarrollo de la narración. ¿Qué aporta a la novela (tanto en lo que se refiere al fondo como a la forma)?
- ¿Por qué podríamos decir que esta obra simboliza la pérdida de la inocencia?
- ¿A qué género literario pertenece esta novela? Justifíquelo con ejemplos.
- Aunque la relación entre Vermeer y Griet nunca deja de ser platónica, ¿no podríamos afirmar que rebosa de erotismo? ¿Por qué?
- En la descripción de los cuadros pintados por Vermeer, Tracy Chevalier consigue explicar perfectamente las principales características de la pintura del autor. ¿Cuáles son? ¿A qué gran estilo pictórico responden estas particularidades?
- A lo largo de la novela, se aborda a menudo la diferencia religiosa entre Griet y sus nuevos señores. Según usted, ¿qué mensaje intenta transmitir la autora de este modo? Justifíquelo.
- Susan Vreeland (escritora estadounidense nacida en 1946) se inspiró en otro cuadro de Vermeer, *La joven de azul jacinto* (1999) para narrar la historia. ¿Cuáles son

las semejanzas y las diferencias en la manera en que las autoras recorren la historia de estos dos lienzos?

- Griet acaba su historia con la siguiente reflexión: «[U]na antigua deuda por fin saldada. Yo no le habría costado nada. Una criada que se había ganado su libertad» (Chevalier 2003, 309). Según usted, ¿qué significa esto?
- Peter Webber adaptó *La joven de la perla* (2003) al cine. ¿Cómo consiguió recrear la atmósfera particular de la pintura de Vermeer, tan presente en la novela?

¡Su opinión nos interesa!
¡Deje un comentario en la página web de su librería en línea,
y comparta sus favoritos en las redes sociales!

PARA IR MÁS ALLÁ

EDICIÓN DE REFERENCIA

- Chevalier, Tracy. 2003. *La joven de la perla*. Traducido por Pilar Vázquez, Madrid: Alfaguara.

ADAPTACIÓN

- *La joven de la perla*. Dirigida por Peter Webber, con Scarlett Johansson y Colin Firth. Gran Bretaña, Luxemburgo, Estados Unidos, Francia, 2003.

EN RESUMENEXPRESS.COM

- Guía de lectura de *La dama y el unicornio* de Tracy Chevalier.